# EL CONEJITO ANDARÍN

# EL CONEJITO ANDARÍN

por Margaret Wise Brown
Ilustrado por Clement Hurd

Traducido por Aída E. Marcuse

rayo

HarperCollinsPublishers

Rayo is an imprint of HarperCollins Publishers Inc.

The Runaway Bunny
Copyright 1942 by Harper & Row, Publishers, Inc.
Text copyright renewed 1970 by Roberta Brown Rauch
Illustrations copyright © 1972 by Edith T. Hurd, Clement Hurd,
John Thacher Hurd, and George Hellyer, as Trustees of the
Edith and Clement Hurd 1982 Trust.
Copyright renewed 2000 by Thacher Hurd.
Translation by Aída E. Marcuse
Translation copyright © 1995 by HarperCollins Publishers Inc.
Manufactured in China.

Library of Congress Cataloging-in-Publication Data
Brown, Margaret Wise, 1910–1952.
[Runaway bunny. Spanish]
El conejito andarín / por Margaret Wise Brown / ilustrado por
Clement Hurd ; traducido por Aída E. Marcuse.
p. cm.    ISBN-10: 0-06-077693-5 —
ISBN-10: 0-06-077694-3 (pbk.)
ISBN-13: 978-0-06-077693-0 —
ISBN-13: 978-0-06-077694-7 (pbk.)
I. Hurd, Clement, 1908–1988.  II. Title.
PZ73.B6885 1995    94-13860
[E]-dc20    CIP    AC

13 14 15 SCP 10 9
❖
New Edition, 2006

# EL CONEJITO ANDARÍN

Había una vez un conejito que se quería ir de la casa.

Un día le dijo a su mamá:

—Me voy de casa ahora mismo.

—Si te vas de casa —le dijo la mamá—, correré tras de ti,
pues tú eres mi conejito querido.

—Si corres tras de mí —dijo el conejito—,
me convertiré en trucha y nadaré en el arroyo,
lejos, muy lejos de ti.

—Si te conviertes en trucha y nadas en el arroyo
—dijo la mamá—, me haré pescadora y te pescaré.

—Si te haces pescadora —dijo el conejito—,
me convertiré en roca de una montaña, allá en lo alto,
lejos, muy lejos de ti.

—Si te conviertes en roca de una montaña, allá en lo alto,
lejos, muy lejos de mí —dijo la mamá—,
me haré alpinista y treparé hasta llegar junto a ti.

—Si te haces alpinista —dijo el conejito—,
me convertiré en azafrán de un jardín secreto.

—Si te conviertes en azafrán de un jardín secreto
—dijo la mamá—, me haré jardinera y te encontraré.

—Si te haces jardinera y me encuentras —dijo el conejito—, me convertiré en un pájaro y volaré lejos, muy lejos de ti.

—Si te conviertes en pájaro y vuelas lejos de mí —dijo la mamá—,
yo seré el árbol donde está tu nido.

—Si te conviertes en árbol —dijo el conejito—,
me convertiré en un barco de vela
y navegaré lejos, muy lejos de ti.

—Si te conviertes en un barco de vela
y navegas lejos de mí —dijo la mamá—,
yo seré el viento que sopla tus velas
y te haré regresar junto a mí.

—Si te conviertes en el viento que sopla mis velas
—dijo el conejito—, me uniré a un circo y volaré por los aires,
en un trapecio muy alto, lejos, muy lejos de ti.

—Si vuelas por el aire en un trapecio muy alto
—dijo la mamá—, me convertiré en una acróbata
y caminaré por la cuerda floja hasta llegar junto a ti.

—Si caminas por la cuerda floja —dijo el conejito—,
me convertiré en un niño y entraré corriendo en una casa.

—Si te conviertes en un niño y entras corriendo en una casa
—dijo la mamá—, allí estaré esperándote,
te tomaré en mis brazos y te besaré.

—¡Vaya! —dijo el conejito—, mejor me quedo
donde estoy y sigo siendo tu conejito.

Y así lo hizo.

—¿Quieres una zanahoria? —le preguntó su mamá.